PYGMALION

ÉTUDE RÉALISTE

D'APRÈS L'ANTIQUE

EN UN PETIT ACTE ET EN VERS

PAR

M. EUGÈNE HUGOT

A MON AMI LEGRENAY.

PRIX : **50** CENTIMES

PARIS

BARBRÉ, LIBRAIRE-ÉDITEUR

BOULEVARD SAINT-MARTIN, 12

1872

PYGMALION

ÉTUDE RÉALISTE

D'APRÈS L'ANTIQUE

EN UN PETIT ACTE ET EN VERS

PAR

M. EUGÈNE HUGOT

A MON AMI LEGRENAY.

PRIX : **50** CENTIMES

PARIS

BARBRÉ, LIBRAIRE-ÉDITEUR

BOULEVARD SAINT-MARTIN, 12

1872

PERSONNAGES :

~~~~~

PYGMALION.

NIOBÉ.

~~~~~~~~~~

Cette petite pièce, composée pour être jouée en société, n'était pas destinée à voir le jour ; mais le succès qu'elle a obtenu a décidé l'auteur à en risquer l'impression, et à la dédier aux artistes que n'épouvantent pas les choses rimées.

<div align="center">~~~~~~~~~</div>

515 Paris. — Typ. Morris père et fils, rue Amelot, 64.

PYGMALION

Le théâtre représente un atelier de sculpteur. — Porte d'entrée au fond ; à droite, au troisième plan, un rideau vert faisant saillie et dérobant une statue aux yeux du spectateur, une lyre suspendue au mur, etc., etc.

SCÈNE PREMIÈRE

PYGMALION ; *seul il entre vivement par le fond comme s'il était poursuivi.*

(*a la cantonade*)

Arrière laissez-moi !
(*Il ferme brusquement la port et avance en scène.*

    Je te fuis sans réserve,
Sexe fourbe et trompeur... Je t'en prie, ô Minerve !
Fais que mon pauvre cœur soit toujours aussi pur
Que le cristal de roche ou que le ciel d'azur !
Fais qu'il ne batte plus lorsque des courtisannes
Osent m'envelopper de leurs regards profanes,
Plus chauds que les rayons du soleil d'Orient !...
C'est égal, malgré moi, leur souvenir riant
Répand un baume exquis sur ma triste pensée.
Pourquoi faire vibrer cette corde insensée ?
Je ne veux plus les voir... Oui, je vous hais, ô vous,
Qui, sous l'œil de Phœbé, donnez des rendez-vous,
Quand le char d'Apollon a terminé sa course.
Heureusement mon cœur peut à toute autre source

Pour se désaltérer puiser en ce moment.
On compte plus d'un astre au divin firmament !...
Enfin l'homme de cœur, l'artiste se révolte !...
*(Moment de silence pendant lequel il examine les objets
qui l'entourent.)*
Sous ces humbles lambris du moins je ne récolte
Que de chastes pensers ; suave effet de l'art !...
(Il va regarder derrière le rideau).
O miracle des cieux ! n'est-ce point un hasard ?
J'ai cru voir remuer encor cette statue
Qu'avec ce rideau vert je dérobe à la vue
Des profanes mortels... O chef-d'œuvre inconnu !
Décidément j'eus tort de te créer tout nu ;
J'aurais dû, sous les plis d'une tunique épaisse,
Cacher tes mille attraits... ô pudique déesse,
Vénus, daigne ajuster à ses chastes appas
Le péplum que voici !
*(Il prend un péplum bleu, posé sur un meuble et le lance
de l'autre côté du rideau.)*
Je ne sais vraiment pas
Ce qu'éprouvent mes sens... Vénus, viens à mon aide !
A de pareils tourments s'il existe un remède,
Toi seule le connais et je l'attends de toi ;
Un rayon de soleil peut te guider vers moi :
Viens donc vite au secours de mon âme en délire !...
Pour mieux la décider si j'accordais ma lyre ?...
(Il prend la lyre suspendue au mur.)
C'est cela... La musique en tous temps plut aux dieux.
Orphée, inspire-moi des sons mélodieux !...
(Musique douce à l'orchestre jusqu'à la fin de la scène !)

O charmante déesse,
O toi qui, de la Grèce

Protéges les amours,
Vénus, sois-moi propice,
Viens, ô ma protectrice !
Ah ! viens à mon secours !...

Je me fais horreur à moi-même,
Car, je le sens, mon amour est extrême
Pour cet objet qu'enfanta mon ciseau,
Pardonne-moi, Vénus ; mais ce marbre si beau,
Qu'à Paros je tirai d'une grotte profonde,
A de ton incarnat, quand tu sortis de l'onde
Tout le reflet et la blancheur ;
Il en a la finesse, il en a la fraîcheur.
Et tu sais, ô Vénus ! que je suis connaisseur.

O charmante déesse !
O toi, qui de la Grèce
Protéges les amours,
Vénus, sois-moi propice
Viens, ô ma protectrice,
Ah ! viens à mon secours !

(*Ou frappe à la porte du fond.*)

SCÈNE II

PYGMALION, NIOBÉ.

PYGMALION.

Elle accourt à ma voix !... (*Il va ouvrir*).
C'est Vénus, oui c'est elle !

NIOBÉ.

Qui, moi Vénus !... je ne suis qu'un modèle
Regarde et souviens-toi !... mon nom est Niobé.
C'est sur moi que jadis tu modelas Hébé.
Alors, tu le sais-bien, je posais pour le torse,
Mais c'était trop risquer... entre l'arbre et l'écorce,

J'appris à mes dépens que jamais on ne doit
Dans ce monde pervers insinuer le doigt.

PYGMALION, (à part).

Où veut-elle en venir ?

NIOBÉ.

J'ai changé de tactique,
Et malgré mon amour profond pour la plastique,
Un artiste de moi ne peut plus disposer
Que lorsque pour le bras il veut me voir poser...

PYGMALION.

Pour le bras seulement ?

NIOBÉ.

Seulement ! je ne pose
Jamais, sache-le bien, jamais pour autre chose ;
Mais le bras, c'est assez quand il est fait au tour.
Regarde ! n'est-il pas l'ouvrage de l'amour ?

PYGMALION.

En effet, Cupidon tailla cette fossette
Un jour qu'il gambadait auprès de ta couchette.
Mais l'attache est mal prise, et j'ai mieux que cela :
Tu parais en douter !... (*L'entraînant du côté du rideau.*)
Regarde donc par là !...
Et dis-moi franchement si d'Argos à Cythère
Il existe un objet plus capable de plaire.
Regarde !... et sans farder dis ton opinion !

NIOBÉ

On n'approche pas plus de la perfection !

PYGMALION.

Tu me comprends, alors ! Tu comprends, faible femme,
Qu'à cet objet divin j'abandonne mon âme
Que je lui voue un culte, et que tant de beautés
Aient réveillé mes sens... Les tiens sont révoltés,

Je ne le vois que trop...

NIOBE, *à elle-même.*

Aimer une statue !...
Par Paphos ! où va-t-on ! si cela continue...
Si le marbre suffit, qu'allons-nous devenir ?

PYGMALION.

Tu connais mon secret, ne vas pas le trahir !

NIOBÉ.

Moi le trahir jamais !... j'excuse les ivresses
Dont la source est au cœur... de pareilles faiblesses
Le coupable, d'ailleurs, n'est souvent que l'Amour...
C'est lui qui te voulut jouer un méchant tour.
J'en suis sûre et te plains...

PYGMALION.

Quelle bonne parole !
Pour posséder ainsi cet accent qui console,
Il faut aimer soi-même...

NIOBÉ.

Oh oui ! pour mon malheur !...
Je puis bien l'avouer, j'ai des fuites au cœur !

PYGMALION.

Des fuites!... ô douleur!... son nom? son origine ?

NIOBÉ.

Hé ! que nous fait le nom de celui qui fascine ?
Il est bon, je le sais; il est jeune, il est beau ;
Il a les yeux plus noirs que l'aile du corbeau,
La chevelure blonde et fauve comme un lièvre ;
Son teint pour la blancheur ressemble au lait de chèvre ;
Sa taille est svelte et souple ainsi qu'un lévrier.
Moins fier est le lion, moins fort est le bélier

Bref, il est, car je puis tout te dire, que crains-je?
Tendre comme un ramier et malin comme un singe.

PYGMALION, à part.

Ce portrait!... malgré moi j'éprouve un tremblement :
Singe, liévre, bélier ! C'est mon signalement !...
Si j'étais cet objet qu'elle aime... oh c'est horrible !
(Haut.) Son nom!... dis moi son nom?

NIOBÉ.

Oh non, c'est impossible !
J'aime, je le vois bien, d'un amonr sans espoir.

PYGMALION, à part.

Décidément c'est moi... C'est trop broyer du noir,
Et je vais...

NIOBÉ.

Où vas-tu?

PYGMALION, à part.

Mais elle est indiscrète.

NIOBÉ.

Veux-tu m'accompagner? je vais poser en Crète :
Le voyage guérit, dit-on, du mal d'amour.
Viens!... la trirème part, elle ne met qu'un jour!

PYGMALION.

En Crète? oh non! la vie est plus douce à Corynthe,
Et j'y demeure, adieu!... C'est l'heure de l'absinthe !

NIOBÉ.

Puisse-t-elle guérir tes tourments trop amers !

PYGMALION.

C'est du fleuve d'oubli que viennent ses flots verts !...

(Il sort.)

SCÈNE III

NIOBÉ, *seule.*

Pauvre Pygmalion, son esprit déménage !
Il a son hanneton... Franchement c'est dommage,
Son œuvre eût remporté le prix au grand concours
Qui, dans la Béotie, a lieu dans quelques jours.
C'est égal... on ne vit jamais tant de folie :
Aimer une statue...

(Après être allée regarder.)

Elle est vraiment jolie !
Et je sens que j'en suis jalouse... oh ! se peut-il !
Si pourtant je jouais le rôle d'alguazil,
Si je le dénonçais... L'amour est une excuse...
Oh non ! mes yeux alors deviendraient une écluse ;
Mes larmes, on le sait, sont très-promptes à choir...
J'ai dans ma vie, hélas ! mouillé plus d'un mouchoir.
Cette fois j'en mourrais... l'âme est suicidée
Quand un fatal amour...

(Après une pause.)

Il me vient une idée...
Si j'osais... pourquoi pas... j'ai du bleu, du carmin,
Du blanc pour me polir le dessus de la main ;
Bref, je sais les couleurs maintenant en usage
Pour donner du relief, du piquant au visage...
Cependant... Allons, bah ! on peut bien tout braver,
Surtout quand il s'agit d'un artiste à sauver...

Mais comment faire une statue,
Comment, quand on a l'âme émue,
Faire taire son pauvre cœur ?
Comment retenir un sourire,
Quand, à mes pieds, il viendra dire

Qu'il m'aime d'une folle ardeur ?
Puis, s'il me dit des mots trop lestes,
De ces mots que les moins modestes
N'entendent sans rougir... Grands dieux !
Ne pourrai-je baisser les yeux ?
Allons, bah ! de l'audace !...
Quand le but est moral,
On peut bien sur un piédestal
Essayer de tenir une modeste place.

(Elle passe derrière le rideau).

SCÈNE IV

PYGMALION *seul, venant du fond.*

J'ai pris le vert nectar chez le scythe Albatros
Qui tient un cabaret boulevard de Scyros ;
C'est là que chaque soir je faisais avec joie
Ma partie au trictrac et plus souvent à l'oie,
Lorsque mon pauvre cœur n'était pas amoureux !
Je ne fais plus, hélas ! de partie à ces jeux
Depuis cet accident ! O douleur trop cruelle
Funeste passion...

(Regardant autour de lui.)
Où donc est le modèle ?
Parti !... Ma foi tant mieux, en toute liberté
Je pourrai t'admirer, miracle de beauté.

*(Il va tirer le rideau et l'on aperçoit Niobé à la place de
     la statue et artistement drapée avec le peplum lancé d
     la première scène par Pygmalion.)*

Les cieux n'auraient jamais produit cette merveille...
Je ne sais plus vraiment si je dors, si je veille,
Je deviens insensé... Ce que c'est que de nous!
Par Hercule ! je sens fléchir mes deux genoux,

Et mon cœur est saisi d'épouvante et de crainte.
Je vois... Que vois-je donc ?... doux effet de l'absinthe !
Ce marbre a des reflets... quel divin incarnat !
Sa lèvre, qui sourit, revêt un ton grenat,
Et la rose de Mai pudiquement se joue
A teinter de vermeil le satin de sa joue.
De plus il m'a semblé voir palpiter son sein,
Éloigne de mon cœur tout coupable dessein
Et prenant en pitié ma criminelle flamme
A ce bloc impuissant, Vénus, accorde une âme ;
Que ton souffle divin daigne enfin l'animer,
Sans crime et sans remords que je puisse l'aimer !
        (*Musique douce à l'orchestre.*)

> Descends, Vénus, de l'Empyrée,
> Fais que cette image adorée
> Réponde à mes plus doux accents ;
> Fais que cette gaze s'agite,
> Que son cœur amoureux palpite,
> Et que le feu que je ressens
> Circule à l'instant dans son âme ;
> Elle a déjà la beauté de la femme

Donne lui les défauts qui nous troublent les sens !..
        Mais qu'ai-je vu ? divin prodige !

(*Niobé descend du piedestal et s'avance en scène.*)

SCÈNE V

PYGMALION, NIOBÉ.

PYGMALION.

Elle se lève, elle me voit !...

NIOBÉ.
        Où suis-je ?

PYGMALION.

Philomèle n'a pas un son de voix plus doux !
(*Allant à Niobé qui joue l'étonnement*)
Rassure-toi, je suis un tendre époux !...

NIOBÈ.

Toi, mon époux? allons donc !... Chez l'Archonte
Jamais, nous n'avons mis les pieds et l'on raconte
Qu'un mariage est nul tant que ce magistrat
N'a pas pour les époux rédigé de contrat.

PYGMALION.

Naïve enfant !... Maintenant dans la Grèce
On suit les joyeux us qu'en la Gaule on professe ;
Un voyageur célèbre, en qui le peuple a foi,
Nous dit qu'en ces climats heureux l'homme de loi
Pour conjuguer revêt rarement son écharpe ;
Les deux époux, aux accords de la harpe,
Vont sous les pampres verts échanger seulement
Un doux baiser, un doux serment.

NIOBÈ.

Je veux en user autrement
Et voir nos noms à travers les grillages
D'une municipalité.

PYGMALION *à part.*

Qui donc a pu lui souffler les usages
De notre triste humanité.

NIOBÉ.

A quoi penses-tu donc ?

PYGMALION *à part.*

Les hommes les plus sages
Parlent tous de la faculté
Que la femme en naissant...

NIOBÉ

Pourquoi cet a-parté ?

Tu ne m'aimes donc plus ?

PYGMALION.

Quel horrible blasphème !
Toi mon œuvre, mon tout ! Regarde-moi, je t'aime !
A ce point, qu'un baiser, un seul, me rendrait fou !...

NIOBÉ.

Je m'en vais bien le voir... (*Elle lui tend la joue.*)

PYGMALION.

Quoi ! tu me tends le cou !
Tu veux bien ?

NIOBÉ.

Pourquoi pas !

PYGMALION *à part.*

Ah ! mais elle est complète...
Je suis un peu fâché qu'elle soit si parfaite,
Et Cypris aurait dû peut-être me laisser,
C'eût été délicat, le soin de commencer
Son éducation... Bast ! elle n'est pas cause
Si la déesse a fait pour moi trop bien la chose
Et je vais...

NIOBÉ.

Où vas-tu ?

PYGMALION.

T'embrasser.

NIOBÉ.

Halte là !
Les choses ne se font jamais comme cela
D'ailleurs il n'est plus temps...

PYGMALION.

Quoi ! déjà des caprices ?

NIOBÉ.

Déjà, le mot est dur...

PYGMALION.

               Je connais les malices
Dont la femme ici-bas fait jouer les ressorts.
Ainsi donc... (*Il s'avance vers Niobé.*)

NIOBÉ, *l'arrêtant.*

       Un instant ! j'égratigne ou je mords.

PYGMALION.

Par le Styx ! c'en est trop !...

NIOBÉ.

             Quoi je veux bien te tendre
La joue et sottement tu crois la faire attendre ;
Tu ne te hâtes pas, voyant son velouté,
D'enlever un baiser, deux, trois, en vérité
Si les hommes sont tous pareils à l'exemplaire
Que j'ai devant les yeux, ils ne sauraient me plaire...
Adieu donc !...

PYGMALION.

       Un moment, l'on ne sort pas d'ici
Sans qu'un point très-obscur ne se trouve éclairci :
Es-tu femme ou démon ? tourterelle ou tigresse ?
Réponds !... ou, par les dieux qui protégent la Grèce,
L'affreux néant pour toi va bientôt se rouvrir.
    (*Il prend un marteau et fait mine de frapper.*)

NIOBÉ, *baissant la tête.*

Si tu veux me briser ne me fais pas souffrir !
Allons, brise !...

PYGMALION.

       Ah ! jamais je n'aurai ce courage ;
Et puis, sans vanité, cela serait dommage...
Bien qu'il soit imparfait, je crois que mon travail
A des tours fort heureux, et que plus d'un détail
Sera comme objet d'art prisé dans tout Corinthe.

NIOBÉ.

Objet d'art est joli... Va ! bien plus que l'absinthe,
L'amour-propre vous grise, artistes incompris !

PYGMALION.

Que dis-tu?

NIOBÉ.

Mais je veux te guérir à tout prix.
Regarde!... et ton orgueil...
(*Elle l'entraîne vers le rideau qui s'est rouvert et qui laisse
voir la statue.*)

PYGMALION.

Oh ciel ! ma statue

NIOBÉ.

Elle est là ! toujours là !...

PYGMALION.

Toujonrs cela me tue,
Je suis déshonoré! Mais comment se fait-il?...

NIOBÉ.

Pour guérir la folie une amante a le fil.

PYGMALION.

Une amante l... qui ?.. toi...

NIOBÉ.

Peut-être.

PYGMALION.

Que dit-elle?

NIOBÉ.

L'amour entre parfois dans le cœur d'un modèle
Il m'inspira... pardonne!...

PYGMALION.

O bonheur !...

NIOBÉ.

Je t'aimais

Aussi tu peux à tous laisser croire à jamais
Qne si je vis le jour c'est grâce.à ton génie ;

PYGMALION.

Mais si l'on apprenait...

NIOBÉ.

Ma tendresse infinie
Sait lire en l'avenir... va ! L'immortalité
A ce prix seul t'attend...Si la réalité
Se montrait au grand jour, hélas ! les nobles choses
En ce monde prendraient bien des teintes moroses
Et maints illustres noms, par un retour fatal,
Iraient dégringolant du fameux piédestal
Où les hissa l'orgueil où la sottise humaine.

PYGMALION.

Il suffit ! ton amour m'a convaincu sans peine ;
Mais pour croire au miracle il faudrait que cela
Disparût...(*Il désigne la statue*).

NIOBÉ.

A Milo j'ai certaine villa,
Nous irons l'enfouir ; là nos neveux, peut-être,
En retrouvant un jour ton chef-d'œuvre, ô mon maître,
S'écriront : C'est Isis, Cybèle ou Calypso !
Vénus même qui sait !...

PYGMALION *souriant*.

La Vénus de Milo !

(*Au public.*)
Je viens très-humblement, selon l'usage antique,
Vous supplier, citoyens de l'Attique,
D'applaudir quelque peu pour nous encourager.
Vous qui passez hélas pour un public léger
Mais spirituel, montrez à cette place
Que vous vous réservez le noble droit de grâce,
Et qu'il existe encore un coin dans l'univers
Où l'on n'est pas sifflé pour quelques méchants vers !

FIN

Paris. Typ Morris père et fils, rue Amelot, 64.